FABLES D'ÉSOPE ET DE PHÈDRE

NON IMITÉES PAR LAFONTAINE

Paris. — Imprimerie et librairie de E. Lacroix, rue des Saints-Pères, 54.

FABLES

D'ÉSOPE ET DE PHÈDRE

NON IMITÉES PAR LAFONTAINE

MISES EN VERS FRANÇAIS

PAR

A. C. BENOIT-DUPORTAIL

PARIS
LIBRAIRIE SCIENTIFIQUE INDUSTRIELLE ET AGRICOLE
EUGÈNE LACROIX
Imprimeur-Éditeur du Bulletin officiel de la Marine et de plusieurs Sociétés savantes.
54, RUE DES SAINTS-PÈRES 54

PRÉFACE

Paris-Batignolles, 7 avril 1880.

Il faut régler ses affaires quand on voit approcher la vieillesse, sans attendre que l'on soit frappé par les infirmités.

J'ai cinquante-six ans aujourd'hui, le moment en est venu pour moi.

Je vais donc publier les travaux que j'ai accomplis dans le cours de ma carrière.

Comme j'ai fait de la littérature par distraction (1), en dehors de ma profession d'Ingénieur, de même que d'autres font de la peinture ou de la musique, je publie maintenant :

1° Un traité élémentaire et pratique de la résolution générale des équations d'un degré quelconque;

2° L'imitation en vers français des fables d'Esope et de Phèdre non imitées par Lafontaine.

Avant d'entrer en matière, il convient de faire quelques observations sur les deux ouvrages que je publie :

(1) J'ai commencé à faire de la poésie au sortir de l'enfance, en quatrième, sous M. Ansart, professeur au collège Saint-Louis, au mois d'avril 1838, et voici mes premiers vers, sur la Girouette, sujet que nous avions à traiter en vers latins :

« Je suis mince de corps et domine sur tout;
En place je demeure et toujours me tourmente;
Le jour, la nuit, je suis debout,
Et deviens infidèle en devenant constante ».

Mon père m'a même dit que j'ai fait des *bouts rimés* cinq ou six ans plus tôt.

TRAITÉ DE LA RÉSOLUTION GÉNÉRALE DES ÉQUATIONS D'UN DEGRÉ QUELCONQUE.

Cette question est une des plus importantes de notre époque en mathématiques.

L'Académie s'en est préoccupée avec juste raison depuis longtemps et a proposé, il y a environ 25 ans le sujet de concours «suivant : résoudre en nombres entiers l'équation $x^n + y^n = z^n$, dans le but d'arriver à la résolution générale des équations d'un degré quelconque ».

Après de longs et pénibles travaux de recherche, je suis arrivé à la résolution générale par une méthode tellement simple, tellement élémentaire, tellement pratique et classique que cette théorie sortira désormais du domaine des mathématiques, spéciales et transandantes pour rentrer modestement dans les mathématiques élémentaires.

Cette méthode n'est en effet que la généralisation de la théorie de la résolution des équations du second degré; et elle s'appuie en outre sur le binôme de Newton d'une part, et d'autre part sur la décomposition des équations en facteurs binômes sous la forme :

$$(x - a)\ (x - b)\ (x - c) \ldots\ldots\ldots = 0$$

Je crois devoir indiquer certaines objections qui m'ont été faites :

1° On m'a objecté qu'il existe des méthodes (très compliquées d'ailleurs) basées sur l'emploi des *séries* et des *fonctions de fonctions* ;

2° On m'a même dit que les méthodes que j'indique se trouvent dans le travail que Hohéné Wrouski a remis il y a cinquante ou soixante ans à l'Académie ;

3° Enfin on voudrait une formule au lieu d'une méthode de calcul.

A ces objections je réponds :

1° L'emploi des *séries* n'est qu'un expédient en général incomplet et peu pratique ;

L'emploi des *fonctions de fonctions* présente les mêmes inconvénients et comporte des incertitudes et des difficultés considérables ; et de plus il sort du domaine de l'algèbre pour rentrer dans le calcul différentiel et intégral ;

2° Il ne me paraît pas admissible que l'Académie ait proposé un prix pour une question destinée à conduire à la résolution générale des équations d'un degré quelconque si elle possédait un travail de M. Hohéné Wrouski dans lequel la résolution cherchée serait donnée ;

3° Enfin, il y a des questions, telles que la détermination du rapport de la circonférence au diamètre, la recherche du plus grand commun diviseur, qui ne comportent pas de formules.

FABLES D'ÉSOPE ET DE PHÈDRE.

J'ai imité, comme je l'ai dit plus haut, les fables d'Ésope et de Phèdre que Lafontaine n'a pas imitées (car je ne me serais pas permis de refaire les mêmes fables que Lafontaine), et qui sont à mon avis pleines d'esprit et de finesse.

J'y ai joint quelques fables que j'ai tirées de la vie d'Ésope.

Enfin, j'ai réuni les prologues et les épilogues de Phèdre qui forment pour ainsi dire un traité de l'art de la fable, ou, si l'on veut, un guide du fabuliste. Je recommande surtout à l'attention le prologue du livre III, *épître à Eutychus,* qui est, à mon avis, une œuvre remarquable.

Je dois dire ici que j'admets en principe que les syllables en *ia, ié, iau, ian, ien, ion* etc., comme si les *i* étaient remplacées par des *ll* mouillés ; ainsi l'on prononcera fluxia, piété, pierre' confiance, patience, attention, perfection etc., de même que s'il y avait fluxlla, pllété, pllerre, confllance, paslleuce, attensllon, perfecsllon etc., comme on prononce bienveillance, conseiller, piller, travailler, brouillon et sans faire sentir l'*i*.

Il y a cependant quelques exceptions consacrées par l'usage, comme hier, prière, alléluia, brièveté.

Enfin, il faut remarquer que, pour lire des fables agréablement, il n'en faut lire qu'un petit nombre chaque fois qu'on s'en occupe et faire de cette lecture une distraction et non pas un travail.

LIVRE PREMIER

FABLES D'ÉSOPE

I. — LA POULE ET L'HIRONDELLE (Ésope, fable VI).

Non loin du gîte d'une poule,
Qui depuis le matin chantait
A rompre la tête à la foule,
Une hirondelle habitait.
Notre pondeuse babillarde
Voit des œufs de serpent :
Elle les prend
Et se hasarde
A les couver assidûment,
Sa voisine prévoyante,
La voyant s'exposer
A semblable danger,
Lui dit : combien vous êtes imprudente
De couver de pareils œufs :
Quand vous les aurez fait éclore,
Les serpents, ces malheureux,
A peine sortis encore,
Avec leur dard vénéneux
De vous feront leur victime!
Lorsqu'on favorise les gens
Qui sont enclins au crime,
Ces scélérats, ces méchants,
Remplis d'affreux sentiments,
Pour prix des plus grands services
Causeront votre malheur,

Vous prenant dans leurs caprices
Pour l'objet de leur fureur.

II. — LE LION, L'ANE ET LE RENARD (Ésope, fable XIII) (1).

Le lion, l'âne et le renard
Partirent un jour en guerre,
Et portèrent leur étendard
A tous les points de la terre
Contre les divers animaux.
Ce fut un affreux carnage
De lapins, de lapereaux,
De lièvres et de chevreaux,
On prétend même de taureaux !
Rien n'échappait à leur rage.
L'âne, chargé de l'intendance,
Avec son peu d'intelligence,
Fait tout d'abord
Trois parts égales,
Une pour chacun des vainqueurs ;
Du lion raconter les fureurs,
Peindre les colères royales,
Serait un travail superflu,
On comprend tout, d'un prince méconnu.
L'âne paya de sa vie,
Sans même pouvoir s'expliquer,
L'affront fait à Sa Seigneurie :
Son destin fut celui de plus d'un conseiller.
Le lion, remis de sa rage,
Daigna charger le renard
Du soin de faire le partage.
Le rusé ne fit qu'une part

(1) La morale de cette fable est toute différente de celle intitulée : *Le Lion, la Brebis, la Chèvre et la Génisse*; c'est pourquoi j'ai cru devoir la traduire.

Qu'il vint offrir à *Sa Hautesse*.
Le lion loua fort sa sagesse,
Son beau désintéressement,
Et, pour prix de son dévouement,
Lui donna rang dans la Noblesse,
Lui laissa *libéralement*
Quelques pattes et quelques restes,
Qu'il ne trouvait pas à son goût.
Et le renard ne prit pas tout,
Alléguant ses besoins modestes.
Ainsi le triste destin
D'un pauvre hère,
Notre voisin,
Apprend souvent ce qu'il faut faire.

III. — L'HOMME MORDU PAR UN CHIEN (Ésope, fable XIV).

Un homme mordu par un chien
Atteint, je crois, de la rage,
Cherchait dans le voisinage
Quelqu'un qui le guérit bien,
Si la chose était possible.
« Mon brave ami lui dit quelqu'un,
Voici le remède infaillible
Qui m'en a fait guérir plus d'un :
D'un morceau de pain prends la mie
Et dans ton sang trempe-là ;
Puis, quand la bête ennemie
Qui t'a mordu passera,
Donne-lui pour qu'elle le croque. »
— « Mauvais plaisant, est-ce ainsi qu'on se moque
Des gens quand ils sont malheureux
En disant des choses pareilles !
Cela n'est pas généreux.
Si je fais ce que tu conseilles,

Tous les chiens de l'endroit
Vont courir après moi :
Quand on fait du bien aux coupables,
On encourage leurs semblables.

IV. — L'AIGLE ET LE RENARD (Ésope, fable XXXVIII).

Il ne faut s'associer qu'avec d'honnêtes gens :
On se repend toujours de hanter les méchants.
S'étant pris de belle tendresse,
L'aigle avec le renard
Jugent un jour dans leur sagesse
Qu'il convient sans retard
D'habiter tous les deux ensemble,
Afin que leur communauté
Augmente leur intimité;
D'ailleurs, l'intérêt les rassemble.
Ils choisissent pour s'établir
Un vaste chêne séculaire.
L'aigle construit en haut son aire,
Tandis que le renard en bas va se blottir
Dans la broussaille
Sous des buissons épais
Qui se trouvaient tout auprès.
C'était une bonne trouvaille,
Le renard met là ses petits;
Et quand ils sont en place,
Aux animaux du pays
Sort pour faire la chasse.
— L'aigle va chasser à son tour,
Voit les renardins, les avale
Et s'en régale.
— Le renard, à son retour,
Trouvant sa demeure vide,

Poussa des cris déchirants
Sur le sort de ses enfants,
Et devint pâle et livide
Au point de faire penser
Qu'il en allait trépasser;
Puis à l'auteur d'un tel crime
Il reproche en termes touchants
D'avoir, contre le droit des gens,
Dévoré sa progéniture.
— L'aigle pour s'excuser l'assure
Qu'ils ne les a pas reconnus
Quand il a dévoré tout crus
Ces chers objets de sa tendresse.
— Le renard, rempli de tristesse,
De se venger n'avait aucun moyen :
Il fallut bien
Accepter cette excuse,
Quoiqu'au fond il n'en crût rien,
Car renard rarement s'abuse.
C'est à tort que l'on croit pouvoir impunément
Faire aux faibles le mal parce qu'on est puissant :
Lorsqu'on peut échapper à la justice humaine,
On reçoit tôt ou tard du ciel son châtiment.
L'aigle à son tour subit sa peine :
Sur un bûcher il enlève un agneau,
Et des charbons ardents qui tenaient à sa peau
Portèrent le feu dans le chène
Où se trouvait son nid :
Et chaque petit
Rôtit !
Le renard, plein de joie,
Les regarda brûler,
Heureux de voir ainsi venger
Ceux dont l'aigle avait fait sa proie.
Phèdre d'autre façon
Nous raconte l'histoire :

Lequel avait raison?
Lequel devons-nous croire?
Je n'oserais le décider :
J'aurais crainte de me tromper,
Car l'un et l'autre a droit à la confiance :
Chacun fera son choix
Suivant sa propre conscience :
Je me bornerai, je le dois,
A rapporter ce qu'il raconte :
A la source que l'on remonte.

(*Voir aux fables de Phœdre*, I, 27)

FABLES TIRÉES DE LA VIE D'ESOPE

Les fables suivantes n'ont point été faites par Esope, mais sont des apologues tirés de sa vie.

V. — ESOPE ET LE PANIER DE PAIN.

Ésope fut en esclavage.
Son maitre partant en voyage,
Chaque esclave prit son bagage :
L'un prit des habits, des manteaux,
L'autre les livres, les tableaux,
Laissant à ses confrères
Les plus pesants fardeaux,
Et prenant des choses légères.
— Ésope pour lui prit le pain!
Son panier était grand et plein :
Il pliait sous le faix de la charge pesante :
Chacun s'en rit et le plaisante.
« Attendez, leur dit-il, nous verrons à la fin

Lequel a fait une sottise
Ou de vous, ou de moi :
Je n'ai point fait une bêtise,
Et plus tard vous verrez pourquoi. »
Au bout d'une heure l'on s'arrête
Et l'on se met à déjeuner :
Ésope se voit soulager
D'une bonne part de sa charge ;
Il marche d'un pas plus léger.
Puis on le soulage au dîner
D'une partie encor plus large ;
De même on fait le lendemain,
Et bientôt il n'a plus de pain.
Ses camarades se plaignirent
Et prétendirent
Qu'il fallait lui donner
D'autres bagages à porter.
« Ce qui dans ce jour vous arrive,
Leur dit-il se voit chaque jour :
Chacun dans ce monde a son tour :
Celui qui mène une existence active,
Qui prend dans les commencements
De la fatigue et de la peine
Peut bien se reposer au bout d'un certain temps ;
Mais quand on se ménage ou que l'on se promène
Au temps où l'on devrait ardemment travailler,
On ne peut pas plus tard se reposer :
Le travail et la prévoyance
Font le bonheur de l'existence. »

VI. — LE PLAT DE LANGUES.

Comme ici-bas rien n'est parfait,
Chaque chose est bonne ou mauvaise,
Suivant l'usage qu'on en fait :
Elle peut nous mettre à notre aise,

Ou nous causer mille embarras,
Mille tourments, mille tracas,
Que l'on soit en Europe
Ou dans d'autres pays.
Voici comment jadis
Sut le prouver Ésope :
Un grand seigneur de ce temps-là
En ces termes l'interpella :
« Toi dont la sagesse profonde
Prétend nous surpasser tous,
De grâce, Ésope, enseigne-nous
Ce qui vaut le mieux dans ce monde
Et ce qui vaut le moins. »
— « Sans me vanter d'une sagesse vaine,
Je n'aurai pas beaucoup de peine
A te contenter sur ces points ;
Mais, de cette mission afin que je m'acquitte,
A dîner chez toi je m'invite ;
De plus il sera convenu
Que je réglerai le menu. »
Le moment solennel venu,
Pleins d'une ardeur bien concevable,
Les convives viennent à table.
« Vous avez, leur dit-il, dans cette coupe ronde,
La meilleure chose du monde :
La langue !... En effet, est-il rien
Qui puisse faire autant de bien ?
La langue sert à nous défendre ;
Quel service elle peut nous rendre
Pour sauver le pauvre orphelin,
Pour perdre le rusé coquin :
Quand on en fait un bon usage,
Rien ne peut valoir davantage. »
A cela chacun applaudit,
Chacun approuva sa harangue.
Pour le second plat, on servit
Une autre langue.

On comprend naturellement
L'excessif étonnement
De chaque convive,
Lorsque ce second plat arrive.
Tout le monde est dans la stupeur :
On pense que c'est une erreur,
Que le cuisinier n'est qu'un drôle
Qui s'est trompé de casserole.
« C'est bien ce plat qu'il faut servir,
Et vous allez en convenir
Ou mon ignorance est profonde.
Que de mal la langue ici-bas
Trop souvent ne fait-elle pas ?
C'est la pire chose du monde !
Elle permet aux intrigants
De tromper les honnêtes gens !
Elle sert à la défense
Des ennemis de l'innocence,
Des scélérats et des fripons !
Quand on en fait mauvais usage,
Rien ne peut nuire davantage. »
Chacun applaudit ses raisons.

VII. — LES FIGUES.

Le méchant se fait toujours prendre,
C'est en vain qu'il voudrait prétendre
Qu'il s'est mis en sûreté
Et ne peut pas être inquiété ;
Il reste toujours quelque trace
Que rien n'efface
Et qui le confond aisément.
Ce pauvre Ésope fut vraiment
Mal partagé par la nature,
Bossu, d'une laide figure
Et parlant difficilement.

Mais il avait un avantage,
Dont il fit un heureux usage,
Qui seul grandement compensait :
Tout le reste qui lui manquait.
C'était un esprit vif, un bon sens remarquable,
A ses ennemis redoutable
Qui des méchants le faisait respecter,
Et des bons le faisait aimer.
Quelques compagnons d'esclavage
Sans foi, sans âme et sans courage
Accusèrent ce malheureux
D'avoir ravi des figues destinées
A la table de leur patron
Et qu'eux seuls avaient détournées.
Ésope déclara que non;
Mais le sang-froid imperturbable
De ses accusateurs,
Détestables imposteurs,
Fit croire qu'il était coupable;
Et le pauvre bossu
Allait être battu,
Quand pour prouver son innocence,
De son esprit conservant la présence,
Par ses doigts il se fit vomir;
Il fallut alors convenir
Qu'il n'avait pas volé son maitre.
Et, pour faire connaître
Les vrais auteurs de ce méfait,
Il demanda que l'on fit faire
A chacun ce qu'il avait fait.
Cette proposition n'eut pas le don de plaire,
Comme on peut le penser,
Aux gens de la petite ligue;
Mais il fallut s'exécuter
Et chacun rendit de la figue :

Ils furent pris
Et punis
Ce qui ne les faisait pas rire.
Messienrs les scélérats,
Vous avez beau faire et beau dire
On sait prouver vos attentats.

VIII. — LA BONNE AMIE DE XANTHUS.

Xanthus avait une épouse
Fort acariâtre et jalouse,
Qui se fâchait à tout propos
Et prenait en mal tous les mots
Que son mari pouvait dire,
Soit sérieusement, soit pour rire.
C'était chez eux comme aux enfers!
Tout allait toujours de travers.
Quoique la dame fit le malheur de sa vie,
Xanthus l'appelait *chère amie*
Cherchant en vain à la calmer
Quand il la voyait s'emporter,
Ne songeant pas même à se plaindre,
Content de s'exercer,
En philosophe, à ne pas se fâcher,
Et ne voulant pas la contraindre
A faire ce qu'il désirait :
La belle à son gré le menait.
Chez un de ses amis dans un repas splendide,
Il réserva pour la perfide,
Des friandises, des gâteaux
Qu'il trouvait fort bons et fort beaux.
Il charge Ésope à *son amie*,
Fidèle, tendre et chérie
De les porter incontinent.
Que fait ce terrible plaisant ?

Au lieu de les porter à notre patricienne,
Il va les porter à la chienne!
Dès que Xanthus fut de retour,
Au cher objet de son amour,
De ses gâteaux il demanda nouvelle.
« Monsieur, je n'ai rien vu!
Dit aigrement la belle,
C'est encore un tour du bossu! »
On fit venir Ésope; et, loin de se défendre,
Il prétendit
Qu'il avait fait ce que l'on avait dit,
Ne pouvant, disait-il, comprendre
Que celle qui de son seigneur
Faisait sans cesse le malheur,
Qui tourmentait sa vie
Fût en effet sa bonne amie,
Que c'était celle assurément
Dont l'immuable dévoûment
Ne manquait pas un seul moment.
Sur ce point je l'approuve,
Et, comme lui, je trouve
Que nos véritables amis
Sont ceux qui nous secondent,
Qui prennent part à nos soucis,
Dont les soins à nos soins répondent
Et non point ces esprits ingrats
Qui pour nous ne nous aiment pas,
Ne craignant pas de nous déplaire,
A nous quereller toujours prêts
Et ne voyant en toute affaire
Pour tout but que leur intérêt.
Ici se termine la fable;
Mais je ne puis pas résister
Au désir de vous raconter
Ce qui devait en résulter.

La dame ressentit un courroux effroyable,
Et cette fois bien concevable,
Du sanglant affront
Qui venait de flétrir son front.
Elle s'en alla chez son père
Et chez sa noble mère
Qui crurent se bien comporter
En l'engageant à ne rien écouter.
De bons amis remplis de zèle
Firent de vains efforts près d'elle
Pour la ramener au logis :
A la porte ils furent tous mis :
Près d'elle on n'osait plus paraître!
Cependant le temps que le maître
Au pauvre Ésope avait donné
Pour lui rendre sa femme
Etait déjà bien avancé :
Il fallait ramener la dame.
Ésope donc court au marché
Et, comme par un jour de fête,
Il fait avec bruit emplette
D'une énorme provision :
Un esclave de sa maitresse
Lui demande à quelle occasion
De cette façon il se presse.
Ésope lui répond :
« Mon maître n'est plus d'âge à demeurer garçon ;
Et, puisque sa *bonne amie*
Ne veut plus revenir,
Demain il se marie,
Il est décidé d'en finir. »
Par suite de ce stratagème,
La dame revint le soir même.

IX. — LA MER A BOIRE.

Quand je serais roi des Enfers,
Je ne voudrais pas, je le jure,
M'engager à boire les mers;
C'est une trop folle aventure.
Xanthus pourtant tint la gageure
Et ne la perdit pas!
L'abus du jus de la treille
Lui fit gager chose pareille.
Comment sortit-il d'embarras?
Ce fut grâce à l'esprit d'Ésope,
L'une des gloires de l'Europe,
...(Du moins pour le temps qu'il vécut,
Car il aurait *peut-être*
De notre temps trouvé son maître)
« Rempli d'esprit comme un bossu. »

Au jour dit, Xanthus se présente
Devant la foule qui plaisante
Et déclare déjà
Qu'il perdra :
« J'ai dit, et suis prêt à le faire,
Que je boirais les eaux des mers;
Mais il faut que mon adversaire
Des rivières de l'univers
Commence par tarir la source. »

Chacun admira la ressource
Qui lui faisait beaucoup d'honneur:
Et Xanthus s'en alla vainqueur.
Ne faisons pas de ces gageures folles,
Ne donnons pas de légères paroles,
Car Ésope ne pourrait pas
Nous tirer toujours d'embarras.

X. — ÉSOPE EN VENTE.

Ésope était un jour à vendre,
Personne ne voulait le prendre,
Tant il était
Chétif et laid.
Pourtant, il ne lui plaisait guère
De rester avec son marchand
Qui ne songeait qu'à s'en défaire
Et n'était rien moins que galant.
Apercevant un philosophe
Qui lui parut de bonne étoffe,
Il lui voulut appartenir
Et le pria de l'acquérir,
Disant : « Ma figure est vilaine,
Je serai le croque-mitaine
De tes enfants
Quand ils seront méchants,
Quand ils auront quelque caprice.
On me prendra pour un sorcier
Et les coquins, craignant quelque malice,
Quelque tour, quelque maléfice
De mon métier,
Croiront prudent de se défier
Et n'oseront pas t'ennuyer :
Je veux te faire un bon service :
De tout on doit tirer parti,
C'est le propre des gens d'esprit,
Non point de cet esprit vulgaire
Qui consiste à dire un bon mot
Pour amuser et pour distraire,
Ce que peut faire un maître sot,
Mais de ce bon sens solide
Qui ne s'engage pas dans le sentier perfide

Des rêves de la fiction
Et de la triste déception,
Qui suit la route toujours sûre
De l'honneur et de la nature
Et voit les affaires à fond. »
Xanthus prit le pauvre garçon.

XI. — LES DEUX CORNEILLES D'ÉSOPE ET LA CORNEILLE DE XANTHUS, ET L'ANNEAU DE SAMOS.

Les anciens croyaient aux présages :
C'étaient des oiseaux, des nuages
Malencontreux ou mal placés,
Paraissant de mauvais côtés
Qui des dieux montraient la colère
Et devaient annoncer quelque fâcheuse affaire;
D'autres fois, c'était au contraire
L'avis d'un bon événement,
En venant convenablement :
Quoi qu'il en soit de sottises pareilles,
Xanthus était convenu
Avec Ésope, son bossu,
Que s'ils découvraient deux corneilles
En allant d'un certain côté
Il lui rendrait la liberté.
A peine sont-ils sur la route
Qu'Ésope voit les deux oiseaux :
Xanthus va l'affranchir sans doute :
Voici de ses jours les plus beaux!
Xanthus lève la tête :
Il n'en voit qu'un, l'autre avait fui!
Il dit qu'Ésope est malhonnête
Et se fâche fort contre lui :
De le frapper il le menace.
Ésope fit une affreuse grimace.

Xanthus au même instant par un coup du destin
Est invité pour un festin.
« Du sort quel étrange caprice,
Dit Ésope, quelle injustice :
Quoique gagnant, je suis frappé;
Mon maître perd il est fêté ! »
A cette piquante satyre,
Maître Xanthus, se mettant à sourire,
Dit : « Tu ne seras pas battu. »
— « Et la promesse, la tiens-tu ? »
— « Maudit bossu,
Rien ne me presse. »
Ésope bientôt se vengea.
Un aigle, à quelque temps de là,
A ce que l'on dit, enleva,
A Samos, sur la grande place,
Un anneau fort vénéré
Et regardé
Comme un présent tutélaire
De quelque divinité.
On crie, on se désespère;
On consulte les devins,
Mais tous leurs efforts furent vains. »
Cela servit à les confondre
Et montrer leur peu de valeur.
Xanthus interrogea son malin serviteur.
Ésope promit de répondre
Quand il serait sur l'*Agora*,
La grande place publique
Où se traitait la politique.
Xanthus enfin se décida.
Lorsque l'heure indiquée,
Fut arrivée,
Ils parurent à l'Assemblée.
Ésope d'abord déclara

Qu'il ne pouvait rien dire en un sujet si grave,
Tant qu'il serait esclave,
Et qu'il ne dirait rien
Avant d'être fait citoyen.
Xanthus fit à ces mots une triste figure :
Il menace Ésope, il l'adjure
A l'instant même d'en finir.
Mais le Phrygien n'y voulut consentir,
Prétendant que Jupiter même
Avec son pouvoir suprême
Lui défendait de parler
Tant qu'il serait en servitude.
Alors la multitude
Commence à s'irriter.
Le magistrat craignant quelque fâcheuse affaire.
A Xanthus d'un ton sévère
Ordonne de l'affrenchir.
Il fallut bien obéir
En maugréant contre le drôle.
Ésope alors prit la parole :
« Nobles enfants de l'île de Samos,
Dit-il, je dois parler sans feinte,
Ce n'est pas, hélas ! sans propos
Que vous éprouvez de la crainte :
Votre pays est menacé
De perdre sa liberté !
Car un prince puissant s'apprête
A faire bientôt sa conquête.
Avec ardeur préparez-vous,
Si vous voulez braver ses coups.
Voilà ce que l'augure à mes yeux signifie.
J'ai dit, et je vous remercie.
— Quant à toi, Xanthus, souviens-toi
Qu'on ne doit pas manquer à sa parole :
Pour les gens de mauvaise foi,
L'exemple servira d'école. »

LIVRE II

FABLES DE PHÈDRE

(LIVRE I, II ET III)

I. — LE CORDONNIER DEVENU MÉDECIN (PHÈDRE I, 14).

Un pauvre cordonnier
Dépourvu de ressource,
N'ayant pas un sou dans sa bourse,
Quitta son malheureux métier
Pour embrasser la médecine;
Et tout d'abord, il s'imagine
De dire avec des airs discrets
Qu'il possède certains secrets
Dont le succès est infaillible,
Qu'il n'est pas de poison, ni de mal si terrible
Qu'ils puissent résister.
Le bruit s'en répandit promptement dans la ville :
Chacun voulait consulter
Le guérisseur habile!...
Savoir s'il guérissait
Aussi bien qu'il prétendait,
Je n'oserais le dire;
Mais les gens croyaient notre sire
Et le point important pour lui
C'est que la recette était bonne :
Les gens demandaient son appui,
Tous, sans en excepter personne!

Personne, j'ai trop dit,
Le prince, homme d'esprit,
Voulut avant de croire
Tout ce que publiait l'histoire
S'assurer de la vérité;
Et pour avoir la preuve
De sa haute capacité,
Il met le bonhomme à l'épreuve,
Et lui propose d'avaler
Un poison qu'il met dans un verre,
Puisqu'il est sûr de se sauver.
— Notre héros était fort en colère,
Mais il n'osa pas le montrer
Et fut contraint de déclarer
Devant l'assistance ébahie
Qu'il craignait de perdre la vie,
— « Coquin,
Lui dit le souverain,
Tu mérites qu'on te punisse;
Mais rassure-toi, ne crains rien,
Il m'est doux de faire le bien,
Ta honte sera ton supplice;
Les rois ne doivent pas causer
A leurs sujets de préjudice;
Et je veux te dédommager
Du tort que je te cause,
Bien que ton mensonge en soit cause. »
Puis s'adressant aux courtisans :
« Ainsi l'on voit des gens
D'un mérite moins qu'ordinaire,
Employés, soldats, commerçants,
Et même des Représentants
Qui faisant de tout un mystère
Se rendent parfois importants :
Notre crédulité fait toute leur affaire. »

II. — LA CHÈVRE, LE CERF ET L'ANESSE DE LA MEUNIÈRE

(PHÈDRE, I. 16).

Un mauvais répondant
Doit inspirer plus de défiance
Que de confiance
A l'homme prudent.

Une jeune et belle meunière
Avait une bonne Manon
Qu'elle traitait d'autre manière
Que ne fait la gent écolière :
Manon n'était pas un plastron,
Manon avait bonne litière,
Jolis harnais,
Fourrage frais ;

On lui donnait en abondance
Ce qui rend douce l'existence
Et des ânes et des chevaux
Et de bien d'autres animaux
Qui ne voudraient pas en partage
Le pauvre sort de tant d'humains.
Une chèvre vive et volage,
Habitante des monts voisins,
Ne trouvant plus au pâturage
De quoi suffire à son besoin,
A l'heureuse manon s'adresse,
Lui fait d'abord mainte caresse ;
Puis lui demande un peu de foin,
Lui promettant de le lui rendre
Dans une meilleure saison.
Manon de s'en défendre,
Alléguant pour raison

Qu'elle avait de quoi se suffire,
Mais rien de plus;
Cependant, elle avait beau dire,
Sans s'occuper de ses refus,
Par le besoin pressée,
Notre chèvre insistait toujours,
A vingt moyens ayant recours.
Enfin, à bout, étant poussée
Elle se crut sauvée,
En appelant le cerf à son secours,
Afin de répondre pour elle :
Elle l'appelle,
Il accourt à l'instant
Et se propose pour garant
De tout, du foin de la litière.
« C'est bien pire à présent,
Dit l'ânesse de la meunière,
Le jour où je réclamerais
Ce que je vous prêterais
Chacun à son camarade
Qui serait en promenade
Et qu'on ne pourrait trouver
Me dirait de m'adresser. »

III. — LA BREBIS, LE LOUP ET LE RENARD (1) (Phèdre I, 17).

Les imposteurs
Et les menteurs
Dont la parole vaine
Séduit l'espèce humaine
Finissent par subir la peine
Que méritent tous les trompeurs;

(1) La *fable* de Phèdre *est intitulée* « Ovis, Canis et Lupus », la Brebis, le Chien et le Loup; mais le sujet est le même.

Et ne pouvant pas bien s'entendre,
L'un par l'autre ils se font prendre.
Un méchant loup qui se sentait
L'estomac creux, le ventre vide,
A la brebis faible et timide,
Faute de mieux, réclamait
Un morceau de pain qu'il disait
Avoir prêté l'autre semaine
A la fabricante de laine.
La brebis répondait que non,
Lorsque du loup passe un compère
Qui donne à celui-ci raison;
Déclarant qu'il connaît l'affaire,
  Et que le morceau
  Était gros et beau.
L'innocente ainsi convaincue
Par le mensonge du renard
Eut à payer et sans retard
La chose qui n'était pas due.
Aussitôt que le loup eût pris
Le pain de la pauvre brebis,
Le renard réclama le prix
    De son service
    Comme complice.
    Le loup le refnsa;
    Le renard l'exigea;
  Si bien qu'ils se battirent,
Et d'un coup tous les deux périrent
  Sans même avoir profité
  Du pain qu'ils avaient volé.

IV. — L'ANE ÉTOUFFÉ PAR L'EAU (1) (PHÈDRE I, 19).

Il ne faut point à la légère
S'aventurer dans une affaire :
Des projets follement conçus
Nous nuisent plus
Qu'ils ne procurent avantage,
Malgré l'ardeur et le courage
Que l'on y met.
Voici le fait
Que Phèdre en donne pour exemple.
Un âne, à la porte d'un temple
Au fond d'un bassin
Vit un grain :
Sottement il se met à boire
L'eau qui le recouvrait
Et qui de le prendre empêchait,
Étant assez simple pour croire
Qu'il l'aurait bientôt mis à sec
Et qu'il pourrait avec son bec
Ainsi facilement l'atteindre !
(Il est moins à blâmer qu'à plaindre).
Mais avant qu'il eût accompli
Cette tâche insensée,
Son ventre était rempli
Et la mort arrivée.

V. — L'HOMME ET LA BELETTE (PHÈDRE I, 21).

Une belette fut saisie
Par un fermier qui voulait
Lui faire perdre la vie.
La belette se défendait

(1) La *fable* de Phèdre *est intitulée* « Canis fameliei »; les Chiens insatiables ; mais le sujet est le même.

Aussi bien qu'elle pouvait,
Cherchant à lui faire comprendre
Qu'il était de son intérêt
De la garder pour le défendre
Contre les souris et les rats
Qui lui causeraient cent dégâts
Si l'on ne les détruisait pas.
En vain elle fit, dans sa langue,
Une merveilleuse harangue.
— « N'espère pas me fléchir,
Dit le fermier, tu vas mourir,
Malgré tout ton artifice :
Si tu m'as rendu service
En faisant la guerre aux rats,
A moi tu ne pensais pas ;
C'est une chose plaisante
Qu'une belette se vante
D'avoir voulu d'un fermier
Mettre à l'abri le grenier.
L'on ne peut croire un tel conte :
  Arrière les intrigants
Qui, travaillant pour leur compte,
  Vont demander aux gens
    Reconnaissance
    Et récompense.

VI. — LE CHIEN FIDÈLE (Phèdre I, 22).

Un chien fidèle et docile,
Au fond de sa niche tranquille,
Se reposait paisiblement
Quand survient un manant
Qui le flatte et qui le caresse
Avec une extrême tendresse,

Sur le coup lui passe la main
Et lui donne un morceau de pain.
« Ton but, je sais le reconnaître,
Lui dit sagement le chien,
Mais de moi tu n'obtiendras rien :
Je ne veux pas trahir mon maître;
Tu peux réserver tes présents
Pour une occasion meilleure;
Éloigne-toi de ma demeure :
Lorsque l'on fait du bien aux gens
Sans avoir un motif honnête,
On a quelque cause secrète ;
A les séduire l'on s'apprête.

VII. — LE CHIEN ET LE CROCODILE (Phèdre I, 24).

Dans Phèdre je viens de l'apprendre,
Les chiens d'Égypte, paraît-il,
Boivent en courant dans le Nil
De crainte de se laisser prendre
Par le crocodile affamé,
Dans un embuscade posté,
Qui guette toujours une proie
Et les croquerait avec joie
S'ils s'arrêtaient un seul instant.
Un chien donc, tout le long du fleuve,
Allait de la sorte courant.
Un crocodile le voyant
Qui sans s'arrêter s'abreuve,
  Lui dit : « Rassure-toi :
Tu n'as rien à craindre de moi,
Tu peux boire tout à ton aise;
    Aux dieux ne plaise
Que je fasse le moindre mal
Au plus respectable animal. »

Le simple dans le panneau donne
Par les conseils dangereux
D'une méchante personne;
Les gens sensés se moquent d'eux.
« Je te rends assurément grâce,
Lui dit le chien, de ta bonté;
Mais n'espère pas que je fasse,
Par excès de crédulité
Ce que tu m'engages à faire :
Je sais combien
La chair du chien
A le don de te plaire. »

VIII. — LE CHIEN, LE TRÉSOR ET LE VAUTOUR (Phèdre I, 26).

L'avare est son propre bourreau.
Un chien en fouillant un tombeau
Afin d'y trouver sa pâture;
Découvrit un trésor;
Et pour avoir offensé la nature
Qui défend de troubler un mort
Le voilà possédé de la fureur de l'or
Et de la soif de la richesse
Il couve nuit et jour
L'unique objet de son amour;
Mais au milieu de l'or il périt de détresse.
« C'est bien fait, lui dit un vautour,
Si de la sorte tu succombes,
Impie et sacrilège chien,
Qui vas violer les tombes,
Qui ne respecte rien;
Qui, né dans une niche et nourri dans la fange,
Possédé tout à coup par un orgueil étrange,
Oubliant ta naissance et ton rang d'autrefois,
Croyais par ton trésor t'élever jusqu'aux rois. »

IX. — L'AIGLE ET LE RENARD (1) (PHÈDRE I, 27).

Phèdre déclare nettement
Que l'aigle et le renard vivaient séparément,
Faisaient pour leur compte la guerre
Et dévoraient les malheureux,
N'ayant rien de commun entre eux,
Et faisant chacun leur affaire,
Suivant ses propres instincts.
L'aigle un jour, sans préliminaire
Vous enlève les renardins
Et les transporte dans son aire,
Pour nourrir ses petits aiglons.
La pauvre mère,
Ne trouvant plus ses nourrissons,
Sentit une douleur amère,
Et les apercevant
Au nid de son voisin barbare,
Réclame à l'aigle poliment
Ses fils qu'elle aime tendrement.
L'aigle dans un discours bizarre
Prétendit être dans son droit.
Quelque élevé qu'on soit
Par son rang et par sa richesse,
Lorsque l'on fait du mal, on doit craindre sans cesse
La vengeance des pauvres gens
Qui paraissent impuissants.
La Divine justice
Inspire aux manants, aux vilains
La ruse et l'artifice
Pour se venger de grands coquins :

(1) Voir livre I, 1. — Ésope, fable XXXVIII.

Dieu ne se venge pas; mais il punit le crime
Par les moyens les plus divers :
Rien ne sauve les gens pervers :
Retenez bien cette maxime
Vous qui vous croyez permis
De faire le mal aux petits.
Notre pauvre victime,
Ne pouvant réussir
A fléchir
L'affreux bourreau de sa famille
Prend des branches dans la charmille,
Les porte au pied de l'arbre où sont ses chers enfants
Avec ceux de l'aigle perfide,
Et, chassant la crainte timide,
Y porte des charbons ardents
Qui bientôt entourent de flamme
Le gîte de l'aigle orgueilleux.
Le ravisseur trembla jusqu'au fond de son âme
Dans ce moment dangereux :
A son tour, il prie
Et supplie
Le renard d'éteindre les feux;
Celui-ci ne veut rien entendre,
Et les aiglons furent rôtis;
Rien ne put les défendre
Du renard même un des petits
Paraît-il, en tombant à terre,
Évita la destruction
Et fut la consolation
De sa malheureuse mère.

X. — LE MILAN ET LES COLOMBES (Phèdre I, 29).

Lorsque, par une erreur extrême,
On prend de méchants protecteurs,
On s'attire de grands malheurs,
On se perd sottement soi-même.

Des colombes avaient souvent
Échappé par leur vol rapide
A la poursuite d'un milan
Redoutable autant que perfide,
Celui-ci, voulant cependant
Surprendre la gent timide,
Usa du moyen que voici :
« Dès que vous me voyez ici,
Pourquoi vous sauver colombelles,
Inoffensives et fidèles ?
Venez sans crainte près de moi,
Vous pouvez compter sur ma foi :
J'engage mon honneur dans cette circonstance ».
Les colombes avec prudence,
Ne l'écoutèrent pas d'abord.
Mais sur soi, faisant un effort,
Le milan, loin de leur donner la chasse,
Réellement les défendit
Et les servit,
Ce qui le mit en bonne grâce :
Avec ardeur il poursuivait
Le noir hibou qu'il étranglait,
Les chats, les enfants qu'il chassait.
Enfin, les colombes crédules
A lui croyant pouvoir se fier
L'introduisent dans leurs cellules,
Dans leur modeste colombier
Et le chargent de leur défense.
Dès que le traître eut en main la puissance
Il se montra tel qu'il était
Et ne fut plus un bon apôtre :
Sous un prétexte ou sous un autre,
L'une après l'autre il les croquait
« C'est malheureux mais c'est bien fait »
Dit la dernière en fuite
Devant sa terrible poursuite,

« C'est ainsi que dans tous les temps
Les sots secondent les méchants ».

XI. — LE LION, LE LOUP ET LE VOYAGEUR (PHÈDRE II, 1)

Sur le cadavre tout sanglant
D'un taureau qu'il venait d'abattre
Et dont le cœur encore palpitant
A peine avait cessé de battre,
Se tenait un lion puissant
Terreur de tout le voisinage.
Passe un loup affamé,
Qui, par l'occasion tenté,
Demande le partage.
— « Sauve-toi, lui répond le roi des animaux
Ou je punirai ton audace;
Je ne partage pas ma chasse
Avec les loups et louvetaux. »
— Pendant que notre loup s'esquive
Au même instant un homme arrive
Qui de son salut jaloux,
Voyant le royal courroux,
Trembla fortement pour sa vie
Et prudemment s'éloigna;
Mais sire Lion le rappela :
« J'aime ta modestie;
C'est une rare qualité
Même dans l'humanité
Et tu mérites récompense.
Es-tu pauvre? Es-tu dans l'aisance?
As-tu des enfants à nourrir?
— « Nous en avons déjà quatre;
Le cinquième est près de venir.
La charge est lourde à soutenir. »
— « Du taureau que je viens d'abattre

Je veux te donner une part
Prends-en le quart ;
Ma royale personne
Dans sa bonté te le donne. »
— L'exemple est noble et généreux,
Digne du roi le plus fameux ;
Il faut désirer qu'on l'imite ;
Mais le contraire a lieu souvent :
On néglige trop le mérite
Et l'on écoute l'intrigant.
Phèdre de la sorte déclare
Que le mérite est chose rare.

XII. — L'HOMME MORDU PAR UN CHIEN (Phèdre II, 3).

(Voir Livre I, 4. Ésope XIV).

XIII. — TIBÈRE ET UN ESCLAVE (Phèdre II, 5).

On trouve dans Paris, comme on trouvait à Rome,
Des gens qui paraissent courir,
Mais qui ne savent rien finir ;
Ces gens sont des brouillons : c'est ainsi qu'on les nomme.
Il en est bien plus qu'on ne croit :
De tous les côtés on en voit,
Aussi bien dans les hautes places
Que dans le plus modeste emploi :
Les uns le font pour faire des grimaces,
D'autres le font par instinct naturel,
Vrai mouvement perpétuel ;
C'est en vain que l'on s'évertue,
Qu'on se tourmente et se remue :
Si l'on ne choisit son moment,
On ne fait jamais rien qui vaille ;
Inutilement on travaille
Quand on est sans discernement.

Phèdre dit que César Tibère,
Alors empereur des Romains
Était amateur des jardins;
Qu'à Misène était une terre
Que ce potentat chérissait
Et que souvent il habitait
Pour se reposer de la peine
Que du trône cause le soin,
Au milieu de l'herbe et du foin.
Avait-il de ces fleurs bizarres
Qu'on cultive par vanité,
Quoiqu'elles manquent de beauté,
Qui sont plus étranges que rares
Et que les gens de goût
Ne prisent pas du tout?
C'est un détail que l'on ignore
Ou que je ne sais pas encore,
Car Phèdre sur ce point se tait.
Parmi ses esclaves était
Un de ses empressés faisant montre de zèle,
Mais dont le cœur n'est pas fidèle,
Qui ne cherchent à vous gagner
Qu'afin de mieux vous tromper.
Dès qu'il apercevait son maître,
De suite on le voyait paraître,
Tantôt balayant le chemin
Pour enlever une pierre,
Tantôt l'arrosoir à la main,
Afin d'abattre la poussière;
Toujours trottant,
Toujours courant,
Il paraissait avoir à faire
Quelque travail important

Ayant remarqué que Tibère
Fréquemment se plaçait
Près d'un brillant parterre
D'où l'on apercevait
La mer qui baigne la Sicile,
Cette terre fertile
Le grenier des romains,
Notre homme ayant sans cesse en mains
Des instruments de Jardinage
Déplantait
Puis replantait,
Pour avoir toujours de l'ouvrage.
N'ayant rien sur les bras,
Il faisait un tel embarras
Qu'il fut remarqué par son maître
Ainsi qu'il désirait l'être.
— « Viens ici, lui dit l'empereur,
Je veux te dire quelque chose. »
— L'homme, croyant avoir gagné sa cause,
Eut un instant de bonheur;
Pensant que, pour son bon service,
Tibère allait l'affranchir
Et l'enrichir;
Mais celui-ci qui voyait l'artifice,
Art dans lequel il faisait des exploits,
Lui dit avec un ton de voix
Qui n'était rien moins qu'agréable :
« Je n'aime pas les maladroits
Qui, pleins d'une ardeur détestable,
Font un bruit malencontreux,
Afin que l'on s'occupe d'eux.
N'espère rien avoir par cette turbulence.
Dans tes folles ardeurs
Tu saccages mes fleurs;
Pour avoir une récompense,

Il faut de solides vertus
Et des services bien rendus. »
Puissent les potentats retenir ces paroles
Et ne pas récompenser
Des intrigants et des drôles
Qui ne savent rien que flatter.

XIV. — LA TORTUE, L'AIGLE ET LE HIBOU (Phèdre II, 6)

Les petits ont besoin pour leur sécurité
D'adresse et de prudence :
On n'est jamais en sûreté
Contre la force et la puissance ;
Et lorsque la méchanceté,
La ruse et l'artifice
De ces coquins qui ne sont bons à rien
D'honnête et de bien
Vient se mettre au service
De quelque méchant
Puissant
Aux petits il est difficile
De trouver un asile
Pour se mettre à l'abri.
De Phèdre, à ce sujet, écoutons le récit :
Un aigle, habitant de la nue
Dans son aire enleva
Une pauvre tortue ;
Mais celle-ci se renferma
Dans sa maison d'écaille
Et se cacha dedans.
L'aigle voulut livrer bataille ;
Mais il perdit son temps.
Un oiseau de mauvais augure,
Dont la noire figure

Est un emblème du trépas,
Apercevant son embarras,
Lui promit une recette
Pour écraser la pauvre bête,
S'il voulait avec lui partager le butin.
— L'aigle lui promit son salaire.
— « Il suffira dit le coquin,
De jeter cette masse à terre
Du haut de ton aire
Sur un des rochers que tu vois;
Si tu me crois,
Dans un instant la tortue
Se trouvera toute nue
Et nous pourrons la manger. »
— L'aigle donc la fit tomber
Et sur le champ la caropace
Qui lui servait de cuirasse
En mille morceaux se brisa;
Et son bourreau triompha.
Que l'on me permette de faire
Une importante observation,
Et de donner ma conclusion
Que dans un point grave diffère
De celle du conteur romain :
Il est, sans doute incontestable
Que, lorsque au mal il est enclin,
Un homme riche est redoutable
Et peut nuire à beaucoup de gens;
Mais Dieu pour punir les méchants
Donne au petit dans sa justice
Contre la force l'artifice
Et le méchant, dans toute position,
Est certain de sa punition.

XV. — LA VIEILLE FEMME ET LA VIEILLE BOUTEILLE (Phèdre III, 1).

Chez un amateur de ces vins
Délicats, généreux et fins
Que prisaient beaucoup les Latins,
Était, dit Phèdre, une bouteille
Aussi sale que vieille
Qui longtemps avait contenu
Du vin de cet excellent crû
De Falerme
Rival du meilleur crû moderne.
Une vieille femme d'esprit
Attentivement la sentit
Et dit :
« Quand on laisse un parfum semblable,
Et qu'on répand une odeur délectable
Il faut au temps de sa vigueur
Avoir eu beaucoup de valeur
Je me sens toute émue
De la comparaison :
Celui qui jadis m'a connue (1)
De ceci conçoit la raison. »

XVI. — LA PANTHÈRE (Phedre III, 2).

Le malheureux que l'on croit sans défense
Et qu'indignement on offense
Tôt ou tard tirera vengeance

(1) C'est à tort que certains commentateurs ont pensé que Phèdre avait voulu parler de lui-même en disant :

« Hoc quo pertineat dicet qnè me noverit »

Ils se sont assurément trompés ; ce vers est la suite naturelle du discours de la vieille femme.

Des mauvais traitements
Que lui font subir les méchants.
Une panthère par mégarde
Tomba dans un fossé de douze pieds profond
Et demeura gisante au fond;
Le vulgaire alors la regarde
Et rit avec malignité:
Puis, se croyant en sûreté,
Car la bête étourdie
Paraissait à l'agonie,
Les uns lui jettent des caillous,
D'autres lui jettent de la terre.
Au bout d'un instant, la panthère
Se ranime et dans son courroux
Par un bond du fossé s'élance
Et, donnant cours à sa vengeance,
Égorge ceux qui l'insultaient.
Les gens en hâte se sauvaient.
« Les méchants qui m'ont maltraitée
Quand j'étais, dit-elle, accablée
Ont seuls à me redouter;
Ceux dont je n'ai pas à me plaindre
De moi n'auront rien à craindre
Et peuvent ici rester, »
Phèdre dit de plus dans sa fable
Qu'une personne charitable
Avait eu de la compassion
Pour la fâcheuse position
De la panthère *misérable* (1)
Quand elle avait vu son malheur;
Et celle-ci sensible à la reconnaissance,
Lui donna l'assurance
De son sincère attachement.
Je ne conteste nullement

(1) Digne de pitié.

Ce que Phèdre raconte
Mais ici je veux rendre compte
De mon propre sentiment.
Ne plaise à Dieu que je conseille
De faire *sans sujet* du mal aux animaux :
Jamais je ne ferais une chose pareille :
Je n'aime pas les gens brutaux ;
Mais faut-il protéger les hommes
(Je dis : oui, puisque nous le sommes)
Contre les tigres et les loups?
Ou faut-il protéger les bêtes contre nous?
On doit de servir ses semblables
Se montrer toujours désireux ;
Puis quand on soutient les coupables
On est nuisible aux malheureux.

XVII. — LA TÊTE DE SINGE (Phèdre III, 3).

L'esclave d'un républicain
Romain
(Les vieux républicains de Rome
Ne voulaient pas se figurer
Qu'un esclave pût être un homme)
Vit à la porte d'un boucher
La tête d'un singe pendante,
Noire, vilaine et grimaçante ;
Dans la boutique il entra
Et demanda
Si semblable viande était bonne.
— « Mon cher, lui dit une personne,
Tu peux juger facilement
Par l'aspect de la tête
La qualité de la bête. »
Ce mot n'est pas, assurément

Une bonne plaisanterie :
C'est à tort que l'on apprécie
Les talents et les dons du cœur
Par la beauté, par la laideur :
On voit de bonnes gens d'une laide figure
Et des coquins d'une forme très pure.

XVIII. — LE FRÈRE ET LA SŒUR (Phèdre III, 7).

Un brave père de famille
Possédait deux enfants, un garçon, une fille,
Qu'il chérissait tendrement
Tous les deux également.
Le fils avait une belle figure;
Sa pauvre sœur
Était d'une grande laideur;
Assurément dame Nature
Avait fait une grave erreur.
Un jour que, suivant leur usage,
A plaisanter ils s'amusaient
Et qu'ensemble ils faisaient
Quelque innocent badinage,
Le fils dans un miroir
Vint à s'apercevoir;
Il admire son beau visage;
Sa sœur croit qu'il veut la railler;
Et, commençant à s'irriter,
Elle court à son père,
Se plaint de Monsieur son frère
Qui cherche à la blesser,
Et se regarde dans la glace
Au lieu de travailler.
Le père tous deux les embrasse,
Les contemple, sourit,
Et tendrement leur dit :

« La beauté du visage
N'est qu'un bien chétif avantage :
Il faut se distinguer par l'esprit et le cœur;
Et, sur ce point, mon fils, sache égaler ta sœur. »

XIX. — C'EST UN TORT DE TOUT CROIRE, OU DE NE CROIRE RIEN

(Phèdre III, 9).

C'est un tort de tout croire ou de ne croire rien;
A supposer le mal nous sommes trop faciles
Et les gens intrigants, à noircir tout habiles,
Nous irritent souvent contre les gens de bien.
Si l'on n'eût d'Hyppolyte écouté la marâtre,
Cette femme perfide et du mal idolâtre,
Le malheureux héros, digne d'un meilleur sort,
N'aurait pas rencontré la plus horrible mort!
Si l'on eût écouté les conseils de Cassandre,
Ilion n'aurait jamais été réduit en cendre!
Mais, sans nous arrêter à ces fameux récits
Qui par les historiens nous ont été transmis,
Je veux vous raconter une histoire récente (1)
Qui dans tous les esprits est encore présente.
Un homme avait un fils de quatorze ou quinze ans,
Près de quitter la pourpre au sortir de l'enfance,
Dont les bons sentiments
Et l'aimable innocence
Donnait à ses parents la plus belle espérance;
Un infâme affranchi,
Vrai suppôt de Satan, dans le crime endurci,
Qui n'aurait jamais dû sortir de l'esclavage,
Depuis longtemps voulait à son profit
Détourner le riche héritage

(1) C'est Phèdre qui parle.

De son malheureux bienfaiteur :
Il sut de son patron obtenir la confiance
Et répandre au fond de son cœur
La noire et sinistre défiance
Contre son tendre enfant,
Le disant plongé dans le vice
Et sans cesse accusant
Chacun d'en être le complice ;
De la même façon
Il couvrit de blasphème
Sa femme, la chasteté même.
Le maître rempli de soupçon,
Pour mettre sa femme à l'épreuve,
Croyant toujours qu'elle mentait
Quand elle l'embrassait
Et tendrement le caressait,
Et pour trouver enfin la preuve
De son commerce criminel,
Annonce d'un ton solennel
Qu'il doit faire un pressant voyage ;
Et sans en dire davantage
Il part brusquement de chez lui,
Entouré de soins, de tendresses,
Mais sans rien croire à ces caresses.
Il rentre au milieu de la nuit,
Et se dirige sans bruit
A la chambre où dormait sa femme.
Il tâte et sent à côté de la dame
La tête d'un homme endormi !...
Sans aucun doute, il est trahi !
D'une juste fureur il se trouve saisi
Et sa main assurée
Enfonce son épée
Dans le corps de l'amant...
O surprise terrible !
O malheur indicible !
Un cri de douleur part !... C'est celui de l'enfant

Dont il était le père
Et que sa chaste mère
Gardait à son côté
Pour plus de sûreté!
Je ne chercherai pas vainement à redire
L'excessive douleur, impossible à décrire,
De cette mère en pleurs, prenant entre ses bras
Son cher fils qu'elle croit à son heure dernière,
Du père presque fou qui cherche le trépas!
Les gens de la maison apportent la lumière,
On s'explique d'où vient cette fatale erreur,
Et chacun la déplore,
Excepté l'affranchi qui l'excitait encore!
Le fils, couvert de sang, surmontant sa douleur,
Quitte un instant sa mère,
Court embrasser son père,
Calme son désespoir,
Mais non pas sa colère
Car l'auteur d'un drame si noir
Paya sur le champ de sa vie,
Comme il le méritait,
Le mal qu'il avait fait.
La blessure du fils fut promptement guérie
Et la famille unie
Fut heureuse longtemps,
Crut les honnêtes gens
Et n'écouta plus les méchants.

XX. — LE POULET ET LE DIAMANT (1) (Phèdre III, 10).

Un poulet dans un tas d'ordure
En cherchant sa nourriture
(Ces animaux n'ont pas
Des goûts fort délicats)

---

(1) Le sujet n'a rien de commun avec la fable de La Fontaine : « Le Coq et la Perle ».

Découvre un beau diamant d'une eau limpide et claire :
« Pour toi je ne puis rien faire,
Hélas, lui dit-il, quel malheur !
Chacun de nous à l'autre est inutile
Tandis qu'un lapidaire habile
Te rendrait toute la splendeur.
Ainsi souvent il arrive
Qu'une nature intelligente et vive,
Faute d'une occasion
Ne trouvant pas à se produire
Se voit longtemps réduire
A la plus triste situation;
Et l'on ne peut compter le nombre
Des grands hommes restés dans l'ombre. »

XXI. — ÉSOPE JOUANT (PHÈDRE III, 12).

Ésope, m'a-t-on dit, sur une grande place
Avec une troupe d'enfants
Étourdis et turbulents
Comme on l'est à dix ou douze ans,
Jouait à pile ou face.
Un athénien moqueur, comme on en voit beaucoup,
Se prit à rire comme un fou.
Le malin vieillard, sans rien dire,
Lui barre le chemin
Et lui met un arc dans la main.
La foule aussitôt se rassemble,
Les voyant tous deux ensemble;
On se rit du railleur qui ne comprenait
Ce qu'Ésope pensait tout bas,
Le fabuliste enfin le tira d'embarras :
« Mon cher monsieur, dit-il, cet arc ressemble

En certain point à notre esprit :
Il ne faut pas prétendre
Qu'on puisse sans cesse le tendre :
Un trop long effort l'affaiblit. »

XXII. — LE CHIEN ET L'AGNEAU (PHÈDRE III, 13).

Dans un riche et gras pâturage
Paissait un paisible troupeau;
Le berger sous un frais ombrage
Faisait entendre son pipeau;
Les agneaux caressaient leurs mères,
Leurs nourrices tendres et chères;
Une brebis volage avait laissé le sien
Qui d'une autre reçut des soins et des caresses,
Et qui lui donna ses tendresses;
Cette erreur indigna le chien
Qui par un excès de franchise,
(Les excès même dans le bien,
Ne valent jamais rien)
Fit cette insigne sottise :
« Ce n'est pas, lui dit-il, l'objet de votre amour
Qui vous donna le jour
Cette brebis n'est que votre nourrice »
— « Ah! vous me rendriez un bien mauvais service,
Lui répondit l'agneau, si je vous écoutais;
Mais je n'écoute pas cet avis détestable;
Je ne regarderai jamais
Comme ma mère véritable
Cette brebis coupable
Qui de moi ne s'occupe point,
Qui m'ayant mis au jour, me quitte, m'abandonne!
Ma véritable mère est l'honnête personne
Qui chaque jour me donne
Son amour et son soin
Et pourvoit à chaque besoin. »

XXIII. — LA CIGALE ET LA CHAUVE-SOURIS (PHÈDRE III, 14).

L'orgueil est un vice terrible
Ainsi que le dédain :
On doit avoir le cœur humain,
Aux intérêts de son prochain
On ne doit pas être insensible.
Une cigale qui chantait
Du matin au soir, à toute heure,
Habitait près de la demeure
D'une chauve-souris qui tout le jour dormait
Et que son petit cri sans cesse réveillait.
La chauve-souris donc la pria de se taire;
(Je n'aime pas cet animal;
Mais pourquoi, sans sujet, lui ferait-on du mal?)
La cigale au contraire
Ne fit que chanter plus fort;
A mon avis, elle avait tort.
L'oiseau de nuit, dans sa colère,
Cherche un moyen de s'en débarrasser :
Feignant de se raccommoder,
A goûter son vin il l'invite :
La cigale vient au plus vite
Et se fait bel et bien croquer.

XXIV. — LES ARBRES SOUS LA TUTELLE DES DIEUX (PHÈDRE III, 15).

Les dieux de l'Olympe autrefois
Prirent, dit-on, sous leur tutelle
Les arbres, ornement des bois,
Témoins de leur gloire immortelle :
Le chêne fort convint à Jupiter,
Cybèle choisit le pin vert,

Phœbus choisit le laurier rose;
Vénus prit le myrthe odorant.
A Minerve ce choix parut fort étonnant;
Elle voulut savoir pour quelle cause
Les dieux accordaient leurs faveurs
Aux arbres les plus inutiles,
Et les comblaient ainsi d'honneurs.
Négligeant ceux qui sont utiles.
« Mon enfant, répondit Jupin,
Des dieux et le père et le maître,
C'est afin de faire connaitre
Que nous n'agissons pas pour notre propre gain. »
— « Moi, répondit Minerve,
Je veux un arbre qui serve
A quelque chose au genre humain;
La gloire, la noblesse,
Et la puissance et la richesse
Et les honneurs éclatants
Ne peuvent pas avoir de sources honorables,
Sans des services véritables,
Sans le travail et les talents :
Voilà ce que veut la sagesse
Dont je suis la déesse. »

XXV. — ÉSOPE ET UN IMPORTUN (PHÈDRE III, 17)

Du temps des Grecs et des Romains,
Les ressources de l'industrie
Ne procuraient pas aux humains
Toutes les douceurs de la vie
Dont nous jouissons maintenant;
Et l'on était aussi content,
Car on n'avait pas connaissance
Du luxe de notre existence,

On se suffisait avec peu ;
Afin de faire sa cuisine
Il fallait demander du feu
A son voisin, à sa voisine.
Ésope donc un jour,
De sa modeste demeure
Étant parti de très bonne heure
D'Athènes fit le demi-tour,
Et pour abréger le retour,
Il passa par la grande place,
Ayant sa lanterne à la main (1)
Il rencontra sur son chemin,
Un plaisant qui lui dit, en faisant la grimace :
« Pourquoi promènes-tu ta lampe en plein soleil?
On n'a jamais vu ton pareil :
Des fous tu veux grossir la liste. »
— « Mon ami, dit le fabuliste,
Je vais te tirer d'embarras :
Je cherche un homme et je n'en trouve pas. »

(1) On attribue généralement ce fait à Diogènes.

LIVRE III

FABLES DE PHÈDRE

(LIVRES IV ET V ET SUPPLÉMENT)

I. — L'ANE ET LES PRÊTRES DE CYBELLE (PHÈDRE IV, 1).

Lorsque l'on est né malheureux,
Notre destin rigoureux
Nous poursuit dans la vie entière
Jusqu'à la fin de la carrière
Et souvent après le trépas.
Les Galles, prêtres Cybèle,
Avaient un pauvre âne fidèle
Qu'ils ne ménageaient pas;
L'animal mourut à la peine.
Ne croyez pas qu'après sa mort
Il eut enfin un meilleur sort :
Notre troupe inhumaine
Avec sa peau fit couvrir un tambour
Qu'elle battait tant que durait le jour.

II. — LE VOLEUR DE JUPITER (PHÈDRE IV, 2).

Un voleur d'une audace extrême
Et qui n'avait aucun scrupule au cœur,
Comme du reste tout voleur,
A l'autel de Jupiter même
Alluma son fanal
Pour y voir à piller le temple!
Jamais on n'avait vu d'exemple
Plus monstrueux, plus infernal.

Notre effronté larron, chargé de la dépouille
Du saint lieu que son crime souille
S'en va tranquille et satisfait
Du sacrilège qu'il a fait.
La sainte religion, des vertus protectrice,
Qui punit les méchants et qui poursuit le vice,
Soudain de son fanal éteignant la clarté
Le plonge dans l'obscurité.
Le sacrilège en vain cherche à gagner la porte,
Il s'égare, il se perd
Dans le temple de Jupiter;
L'obscurité, le trouble empêchent qu'il ne sorte
Il avance sans savoir où.
Sur son chemin, une marche se trouve :
Il tombe et se casse le cou.
Cette histoire nous prouve
Que la justice de Dieu
Des gens de bien pour la défense
Atteint le coupable en tout lieu
Non point par esprit de vengeance,
Mais pour mettre une borne à la méchanceté,
Et qu'en vain de l'impunité
Le méchant conçoit l'espérance.

III. — HERCULE ET PLUTUS (Phèdre IV, 12).

Quand Hercule entra dans les cieux,
Sa réputation héroïque
Lui valut de la part des dieux
Un accueil franc et sympathique;
Pour sa part, il les assura
De son attachement sincère
Et leur promit de faire
Tout ce qu'il pourrait pour leur plaire;
De chacun d'eux il s'approcha

Et fit un salut agréable;
Mais, quand il fut près de Plutus,
Quoiqu'il voulût paraître aimable,
La colère prit le dessus,
Hercule détourna la tête.
Jupin trouva cette façon
Excessivement malhonnête,
Il voulut savoir la raison
Pour laquelle il faisait injure
A ce dieu de bonne figure
Qu'il plongeait ainsi dans le deuil
Pour prix de son gracieux accueil.
« Eh! quoi, lui dit le fils d'Alcurène,
Mon père, penses-tu
Que le fier défenseur de la nature humaine
Aime le Dieu qui voue une implacable haine
A la justice, à la vertu,
Et qui sous un aspect splendide
Cache une avarice sordide? »

IV. — LES BOUCS ET LES CHÈVRES (PHÈDRE IV, 13).

Les boucs, à la barbe touffue,
Se plaignaient un jour vivement
Que la chèvre injustement
Comme le bouc fût barbue.
« Eh! quoi, leur dit Jupiter,
Avec un accent amer,
Pourquoi vous plaindre de la sorte?
En vérité que vous importe
Qu'on leur accorde un vain honneur
Qui n'augmente pas leur valeur?
Quand le vulgaire rend à d'autres
Plus d'hommages qu'on ne le doit,
Les talents qu'à tort on leur croit
Ne sauraient amoindrir les vôtres. »

V. — LES MATELOTS ET LE CAPITAINE (Phèdre IV, 14).

Ésope vit de bonnes gens
Battus par les événements
Plongés dans un chagrin extrême;
Le fabuliste à l'instant même
Essaya de les consoler :
Il se mit d'abord à sourire,
Puis se plut à leur raconter
L'histoire que je vais redire :
Des matelots,
Agités par les flots,
Croyant leur perte certaine,
Accusèrent le capitaine;
Celui-ci ne craignait aucunement la mort,
Il les rassura sur leur sort
Et, par un sentiment louable,
Il se déclara responsable
De ce qui pourrait arriver.
L'ouragan vint à se calmer
Et la joie à bord fut complète
Quand on vit cesser la tempête.
« Amis, il ne faut pas trop tôt se réjouir,
Leur dit le capitaine,
L'existence est sans cesse pleine
Et de chagrin et de plaisir. »

VI. — PLAINTES DE PHÈDRE (1) (Phèdre IV sans n°).

« Pourquoi faut-il donc que l'envie
Se plaise à tourmenter ma vie?

(1) Ce morceau n'est point une fable; mais j'ai cru devoir lui conserver la place que Phèdre lui a donnée.

Que leur ai-je fait pour cela?
Si l'on trouve certaines fables
Spirituelles, agréables,
Sur Ésope on reportera
Tout l'honneur de les avoir faites;
Mais à Phèdre on attribuera
Celles qui sont incomplètes
Peu fines, de mauvais aloi!
Non, messieurs les censeurs, mon œuvre est toute à moi,
Bonne ou mauvaise,
Ne vous déplaise.
Ésope a trouvé maints sujets;
A les admirer je me plais;
Mais les contes de ce grand homme
A mon goût je les ai traités
Dans la langue qu'on parle à Rome,
Et j'en ai d'autres inventés
C'est à moi qu'il faut qu'on applique
L'éloge, comme la critique. »

VII. — NAUFRAGE DE SIMONIDE (Phèdre, IV, 17).

Simonide n'eut pas d'abord
Lieu d'être satisfait du sort :
Il fut longtemps dans l'indigence,
Accablé de mille revers;
Enfin, par son intelligence,
Et par le succès de ses vers,
Il acquit une douce aisance,
Bien récompensé par les gens
Qu'il avait loué dans ses chants.
Voulant profiter de la vie
Avec ses parents, ses amis,

Après avoir erré de pays en pays,
Il retourna dans sa patrie,
Dans l'île de Céos.
A peine était-il sur les flots,
Qu'une épouvantable tempête,
Noir présent des enfers,
Bouleverse les mers;
Chacun à se sauver s'apprête;
Chacun se charge d'or
Et songe à garder son trésor.
Simonide seul, impassible,
Laisse tout ce qu'il a :
Le fait parut impossible
A ceux qui se trouvaient là.
« Eh! quoi, lui dit-on, Simonide,
Tu ne prends rien! »
— « De l'or je ne suis pas avide,
Disposez du vôtre et du mien :
Je porte avec moi tout mon bien. »
Quelques instants après, le bateau fait naufrage;
On se sauve en hâte à la nage :
Il fallut bien, quoique à regret,
Laisser tout ce qu'on emportait.
Ceux qui s'embarrassèrent
Pour la plupart se noyèrent;
Et ceux d'entre eux qui se sauvèrent
Furent pris par des voleurs
Qui, sans pitié, les dépouillèrent.
Les pauvres naufragés, accablés de malheurs,
Furent ainsi réduits à l'extrême misère,
N'ayant pas de quoi satisfaire
Le cruel besoin de la faim,
Et demandant en vain
Le plus modeste asile.
A peu de distance de là
Se trouvait une grande ville :

Simonide s'y présenta;
Ses œuvres l'avaient fait connaitre;
Dès qu'on le vit paraitre
Tout le monde s'empressa
De l'emmener sur l'heure
Dans sa demeure;
Partout il fut reçu, fêté,
Par le choix seul embarrassé,
En peu de temps il refit sa fortune;
Mais ses compagnons d'infortune
Ne pouvaient avoir de secours.
« Tel est, dit-il, avec tristesse
Des choses humaines le cours :
A quoi vous servent la richesse,
Et la grandeur, et le pouvoir,
Sans le mérite et le savoir? »

VIII. — DÉMÉTRIUS DE PHALÈRE ET MÉNANDRE (Phèdre V, 5)

Quand Démétrius de Phalère
Se fut emparé du pouvoir
Chacun s'empressa pour lui plaire
A sa cour d'aller le voir.
Ceux qui devaient le plus se plaindre,
Ayant encore beaucoup à craindre,
Se contentèrent de gémir;
Mais crurent prudent de venir.
De ces derniers était Ménandre
Qui se fit quelque temps attendre;
Il vint dans un désabillé
Peu convenable, débraillé,
Dans une tenue excentrique
Qui n'était rien moins qu'artistique
Avec des vêtements
Mal attachés et trainants,

Ayant dans toutes ses poches
Une foule de saccoches.
— « Dans cet état, devant moi,
Dit Démétrius, coquin, traître,
Qui t'a donc permis de paraître? »
Et les flatteurs à l'instant
Déployèrent leur talent
Contre un pareil insolent.
— « Je ne saurais méconnaître,
Sire, ce que l'on vous doit :
Celui dont la comédie
Fut par vous bien accueillie
Ne vient pas à votre aspect
Pour vous manquer de respect :
Je suis le poëte Ménandre,
A vos yeux sans me déguiser,
J'ai cru devoir me présenter ».
— « Toi qu'il m'est si doux d'entendre,
Inimitable auteur,
Qui de ce siècle fais l'honneur,
Je veux qu'on t'environne
Des honneurs dus à ta personne. »
Voilà bien le plus souvent,
En général comme nous sommes :
Nous jugeons tout différemment
Et les choses, et les hommes,
D'après leur réputation
Sans avoir notre conviction.

IX. — LE CHAUVE ET LA MOUCHE (Phèdre V, 1)

Une mouche, un jour se permit
De piquer un chauve à la tête;
Le chauve aussitôt se promit
D'écraser la petite bête :

Il lance un soufflet,.. mais hélas!
Le soufflet ne l'attrape pas
Et fait rougir sa propre joue;
Le petit insecte le loue,
Pour le railler, de son talent
Et de son adresse extrême :
« Tu t'es conduit là vaillamment!
Tu ne t'épargnes pas toi-même!
Si pour l'affront que je t'ai fait
Tu te mets si fort en colère,
Que vas-tu faire
Pour te punir de ce soufflet? »
— « Petit insecte misérable,
Qui prétends te moquer de moi,
Ce qui m'irrite contre toi
C'est ton intention coupable
Que je ne puis pas souffrir
Et que je veux punir. »

X. — L'HOMME, L'ANE ET LE PORC (Phèdre V, 4)

Un homme au fils d'Alcmène
Qui l'avait tiré de la peine
Ayant immolé son porc
A son âne donna le son et la litière
Qui lui restaient encor.
« Non, lui dit l'âne, à sa manière,
Je n'en veux point :
Je te rends grâce de ton soin,
Mais ne veux pas prendre le reste
D'un présent si funeste :
Un bien dont le titre est mauvais
A ceux qui l'ont ne profite jamais. »
Je sais bien que l'on va me dire
Que l'on doit toujours profiter
Du bien qu'on peut se procurer.

Je blâme fort cette maxime
Et je prétends que le vice et le crime
Évitent rarement
Leur juste châtiment :
Pour quelques-uns qui réussissent,
Combien en voit-on qui périssent ! »

XI. — LE BALADIN ET LE RUSTIQUE (Phèdre V, 5).

A la fête de mon village,
Les bateleurs, suivant l'usage,
Faisaient entendre leur tapage,
Comme à la fête de Saint-Cloud,
Où l'on en voit toujours beaucoup.
Ils promettaient monts et merveilles ;
Et la foule ouvrait les oreilles.
Le pitre d'un grand baladin,
De l'endroit le Robert Houdin,
Au peuple annonçait que son maitre
Qui devait à l'instant paraitre
Lui montrerait
Ce que personne ne croirait.
Attiré par cette promesse
D'entrer en grand nombre on s'empresse.
Notre presdigitateur
D'un cochon prend la hure
Et pour que la foule soit sûre
Qu'il ne la met pas dans l'erreur
Il la fait passer dans la salle.
« Hé bien ! leur dit-il, à présent,
Avec ma puissance infernale,
Je lui ferai pousser un grognement
Comme si l'animal était encore vivant. »
Notre homme était ventriloque ;
Après ce court colloque,

Il interpelle le cochon :
Un sourd grognement lui répond !
Deux ou trois fois il recommence,
Pour prouver sa puissance :
Toute la salle applaudissait
Et jusqu'au ciel l'élevait,
Quand un gros paysan déclare
Que la chose n'est pas si rare
Et qu'il fera facilement
Le même tour dans un moment
Pour peu que l'on en ait envie.
D'aussi bien faire on le défie ;
Il sort donc et bientôt revient
Ayant dans la main une hure
Qu'il fait aussi passer pour que chacun s'assure
Que dedans il ne cache rien ;
De plus il dit que pour être sincère,
Et de ne pas faire de mystère
Il faut savoir sous son manteau
Qu'il cache un vrai pourceau.
Le baladin par l'assistance
Se fait applaudir de nouveau.
Le rustique à son tour commence ;
Et, pinçant son porc fortement,
Lui fait pousser un grognement.
Tout le monde aussitôt s'en moque.
« Gens orgueilleux ! gens insensés !
Voilà donc comme vous jugez !
On applaudit le ventriloque
Et l'on trouve que l'animal
Lui-même s'imite fort mal.
Ainsi souvent l'espèce humaine
Écoute la parole vaine
De l'intrigant, de l'imposteur
Et ne croit pas l'homme d'honneur. »

XII. — LES DEUX CHAUVES (1) (PHÈDRE V, 6).

Un mien ami fit la trouvaille
D'un objet en écaille;
Lestement il le ramassa
Et dans sa poche le serra.
Un autre bientôt se présente
Et représente
Que ce qu'on voit sur le pavé
Doit toujours être partagé.
Notre trouveur d'abord fut d'un avis contraire,
Enfin, quoiqu'à regret
Il se décide à faire
Ce que l'importun désirait,
Tout en faisant mauvaise mine,
Et se croyant en droit de garder la machine.
Mais, oh! déboire affreux,
Oh! pénible surprise!
Ils étaient chauves tous les deux
Et l'objet de leur convoitise
Était un peigne qu'un galant
Avait perdu négligemment.
Ne nous forgeons pas de chimère :
C'est toujours à tort qu'on espère
Que l'on va trouver un trésor.
Tout ce qui brille n'est pas or.

XIII. — LE PRINCE DES JOUEURS DE FLUTE (PHÈDRE V, 7).

Aux conseils de l'orgueil crédule,
Quand par un vain succès on se laisse aveugler,
Bien loin de se faire admirer
On tombe dans le ridicule.

(1) Cette fable a été imitée par Florian; mais il n'y a que les fables imitées par La Fontaine que je ne me permette pas de reproduire.

Le fameux accompagnateur
De Batylle (1) le grand acteur,
Le prince des joueurs de flûte,
Dans un changement de décors,
Fit une terrible culbute
Qui faillit lui rompre le corps,
On le mit sur une civière
Pendant que l'assistance entière
Pensant qu'il avait péri
Poussait un lamentable cri.
Au bout de quelque temps, se trouvant rétabli,
Il reparut sur la scène
Et fut vivement applaudi.
La salle était toute pleine,
Le hasard voulut que le chœur
Pour la santé de l'empereur
Chantât alors un cantate,
Où se trouvaient ces mots : « Notre prince est sauvé. »
Le flûtiste orgueilleux, rempli de vanité,
Malencontreusement se flatte,
Que c'est à lui que s'applique ce mot !
Il remercie, il salue;
Mais aussitôt
De toutes parts on hue
Notre *prince* sot
Qui s'appliquait de tels éloges,
Et du parterre, aussi bien que des loges,
Chacun se mit à l'assaillir,
Si bien qu'il lui fallut sortir.

XIV. — L'OCCASION (PHÈDRE V, 8).

Pourquoi donc représente-t-on
Le temps, cet insigne larron,

(1) Acteur romain, du temps de Phèdre.

Monté sur un vélocipède
Avec sa faux qui le précède
Et renversant tout devant lui?
C'est afin de faire comprendre
Que l'occasion sans cesse fuit
Et qu'on ne doit jamais attendre :
Lorsqu'on la laisse échapper,
Serait-on Jupiter lui-même,
Avec sa puissance suprême,
On ne peut plus la rattraper.

XV. — LE BŒUF ET LE VEAU (Phèdre V, 9).

Un bœuf d'une force admirable
Faisait un travail incroyable
Pour pénétrer dans son étroite étable;
Mais il n'y parvenait pas
Parce qu'il était trop gras.
Un jeune veau, plein de lui-même,
Lui proposa de lui montrer
Comment il fallait se tourner
Pour pouvoir pénétrer.
« De ton obligeance extrême,
Dit le bœuf, je te sais bon gré;
Mais ne viens pas prétendre,
Petit ignorant, m'apprendre,
Ce que j'ai longtemps pratiqué,
Avant que tu fusses né. »
Cette fable s'adresse à ceux
Qui donnent des leçons à de plus savants qu'eux.

XVI. — LE CHASSEUR ET LE VIEUX CHIEN (Phèdre V, 10).

Un chien qui dans sa jeunesse
Avait été bon chasseur,
Arrivant à la vieillesse,
Avait perdu sa vigueur,

« Paresseux, lui dit son maître,
Je ne puis plus te reconnaître :
Je dois maintenant te renier :
Tu laisses sauver le gibier
Que tu devrais surprendre
Et prendre! »
— « Mon maître chéri, dit le chien,
Tu ne me juges pas bien :
Tant que j'avais de la force,
J'ai fait tout ce que j'ai pu;
Mais maintenant je suis rendu;
C'est vainement que je m'efforce;
A la course je suis vaincu. »
C'est bien en vain qne l'on invoque
Le bien que jadis on a fait;
Personne n'est jamais parfait,
Le présent du passé se moque.

LIVRE IV

PROLOGUES ET ÉPILOGUES DE PHÈDRE

L. I. — PROLOGUE.

Notre maître à tous dans la fable
Dans son langage inimitable
A traité de charmants sujets,
En vers latins (1) aujourd'hui je les mets.
Il faut m'attendre à ce qu'on me critique
D'avoir prêté de bons mots
Aux plantes comme aux animaux;
Mais est-il besoin que j'explique
Que c'est une simple fiction
Qui n'est pas de mon invention;
C'est un ancien usage
Qui présente un double avantage
Puisque l'on amuse les gens
Par la pure plaisanterie
Et qu'on leur donne en même temps
D'utiles conseils pour la vie.

L. II. — PROLOGUE

Ésope, en ses charmantes fables,
S'est proposé de nous donner,
Avec des contes agréables
Des conseils pour nous diriger.

(1) C'est Phèdre qui parle.

Il cherche par l'allégorie
A montrer le chemin à suivre dans la vie.
D'Ésope je prendrai l'exemple
Et la matière est assez ample
Pour admettre un nouvel auteur.
Je veux adopter sa méthode,
Elle me servira de code;
Toujours en peu de mots,
Je m'engage à le faire
Pour donner de la variété,
Si c'est en ma puissance
Et mériter l'indulgence
Par la brièveté.

L. II. — ÉPILOGUE.

Afin de bien faire comprendre
Que les honneurs doivent se rendre
Non point à ceux dont les parents
Sont nobles, riches et puissants,
Mais à ceux qui par leur mérite
Sortant de l'étroite limite
Où restent la plupart des gens,
Les Grecs ont pour Esope élevé des statues
Et posé sur un piédestal
Celui dont le talent piquant, original
Fraya des routes inconnues
Pour enseigner la vérité
Aux enfants de l'humanité.
Je veux imiter son exemple :
La matière me paraît ample,
Et j'aperçois mille sujets
Bons à mettre sur mes carnets,
Si mon travail pouvait suffire
A vous les dire.

Je ne pourrai pas tout traiter ;
Mais, si l'on veut m'encourager
Bien d'autres suivront avec joie
    La même voie
Et de Rome feront l'honneur.
Mais si la critique envieuse
A ma muse laborieuse
Refuse quelque faveur,
J'éprouverai dans moi-même
  La satisfaction suprême
D'avoir fait un louable effort,
Et j'aurai la douce espérance
  Qu'un jour la postérité
M'accordera pour récompense
  Une juste célébrité.

L. III. — PROLOGUE.

ÉPITRE A EUTYCHUS.

Si tu veux bien jeter des regards favorables
Sur mes faibles essais, sur mon livre de fables,
Il faudra tout d'abord, Eutychus, renoncer
A ces graves travaux qui viennent t'absorber,
Pour que, libre de soins, exempt de toute alarme,
Ton esprit de mes vers puisse sentir le charme.
— « Mais, me répondras-tu, crois-tu que tes talents
Valent qu'à t'écouter j'aille perdre mon temps ?
Et que, pour satisfaire à tes ardeurs fébriles,
Je doive abandonner des choses fort utiles ? »
« — Non : mon esprit n'est pas tellement de travers
Qu'il puisse supposer que, pour lire mes vers,
Tu voudrais négliger le soin de tes affaires !
Loin de moi ces pensers insensés, téméraires ! »
— « Mais des fêtes viendront arrêter nos travaux
Et je profiterai de mes jours de repos

Pour consacrer mon temps à la littérature,
Et je m'empresserai, Phèdre, je te l'assure,
Pour lire tes écrits, de saisir l'occasion. »
— « Je te sais, Eutychus, bon gré de l'intention;
Mais crois-tu franchement que, dans des jours de fête,
Tu n'auras pas d'objets pour occuper ta tête?
Ta femme, tes enfants s'empareront de toi;
Tes parents, tes amis t'imposeront leur loi;
Tu n'échapperas pas à la règle commune;
Puis de gens étrangers une foule importune
Viendra te fatiguer par de méchants propos
Et saura t'empêcher te prendre du repos.
Par un pareil espoir, Eutychus, tu t'abuses :
Si tu veux te livrer au doux culte des muses
Il faut de tes travaux transformer tout le cours.
Moi, favori des dieux, qui commençai mes jours
Près de ce mont Piérus, cette sainte montagne,
Où du grand Jupiter une chaste compagne,
Mnemosyne, autrefois par les amours du dieu
Dont l'immense pouvoir se révèle en tout lieu
A conçu les neuf sœurs, ces déesses aimables
Qui président aux arts, aux sciences agréables,
Aux travaux de l'esprit, aux règles du bon goût
Dont les heureux effets se font sentir partout,
Quoique né sur le seuil de cette grande école,
Où les chants et les vers remplacent la parole,
Malgré la noble ardeur dont j'étais animé,
C'est difficilement que je fus accepté.
Que dois-tu donc penser, Eutychus, qu'il arrive
A ceux qui, loin d'avoir cette foi pure et vive.
Ne consacrent leurs soins et ne font des efforts
Que dans l'unique but d'amasser des trésors,
Préférant le négoce avec ses bénéfices
Aux travaux de l'esprit si féconds en délices.
Je vais, *quoi qu'il en soit, comme disait Simon,*
Ecrire un nouveau livre à l'abri de ton nom.

Maintenant, Eutychus, il faut que je t'expose
Comment naquit la fable et quelle en fut la cause,
Comment cet artifice agréable, ingénieux,
Permet aux vérités de paraître à nos yeux,
Et comment la critique innocente ou friponne
Peut se produire ainsi, sans offenser personne.
Jadis des malheureux, opprimés par de sots
Qui dans leur vanité se croyaient des héros,
Ont dû pour s'exprimer faire usage d'un voile
Qui de la vérité laissât percer l'étoile;
Sous des traits supposés attaquant les méchants,
Ils ont pu sans danger dire leurs sentiments,
Puisque les gens pervers dont ils disaient l'histoire
Ne pouvaient avouer, quoi qu'ils pussent en croire,
Que sous ces traits affreux, c'était eux qu'on peignait
Et que dans ces récits on les reconnaissait :
Chacun dans ce miroir en secret se contemple.
Dans mes propres malheurs, j'ai pris plus d'un exemple.
Nul, excepté Séjan, ne saurait me blâmer,
Ressentant des douleurs de vouloir les calmer
Et de me contenter de ce moyen paisible;
Sans attaquer personne et sans être nuisible,
Aux yeux de l'univers je montre les méchants,
Condamnant leurs excès contre d'honnêtes gens.
Si quelqu'un dans mes vers pense se reconnaître,
Il aura vraiment tort de le laisser paraître :
Je m'abstiens avant tout de personnalités
Et je peins seulement les généralités.
Si parfois la critique implacable et maligne
Contre l'imitateur du conteur grec s'indigne
De voir ainsi parler les plus sots animaux
Et même quelquefois les fleurs, les végétaux
Et même les rochers et la verte prairie,
Je lui rappellerai que dans l'allégorie
L'innocente fiction pour peindre nos défauts,
Prenant modestement l'exemple d'animaux,

Afin de présenter les conseils qu'elle donne,
Respecte honnêtement le nom de la personne;
D'Ésope j'ai suivi la méthode avec soin
Et de m'y conformer j'éprouve le besoin;
Sous des traits empruntés, je combattrai nos vices
Empruntant prudemment ses heureux artifices;
Et toujours imitant ce grand maître de l'art,
Pour ne pas m'égarer en marchant au hasard,
Afin de mériter une entière indulgence,
Afin de mes lecteurs d'avoir la bienveillance,
Je veux le plus possible abréger mes récits;
Le premier de mes soins sera d'être concis.
Si j'ajoute parfois pour égayer la fable,
Aux thèmes primitifs une histoire agréable,
Quelque conte amusant, quelque plaisant propos,
Je veux, dans tous les cas, le faire en peu de mots,
Ces règles, autrefois par Ésope posées,
Par moi, sans nul écart, sont toujours observées.
Quels que soient mes efforts, quels que soient mes succès,
Je laisserai toujours à traiter mille objets;
Et mes imitateurs, s'ils recherchent la gloire,
Sur ces graves sujets feront bien de me croire.
Pour exciter en eux une louable ardeur,
Pour les encourager, il faut que l'empereur (1)
Sache jeter sur nous des regards favorables
Et qu'il daigne sourire à mes naïves fables.
Le plus saint des devoirs de tous les souverains
Est d'être les tuteurs de leurs contemporains;
C'est sur eux des Romains que le bonheur repose,
C'est leur autorité qui du Siècle dispose.
Chez les grecs, nos voisins, ce peuple tant vanté,
Esope ainsi parvint à l'immortalité;
Pourquoi Rome, à son tour, capitale du monde,
Ma puissante patrie, en grands hommes féconde,

(1) Phèdre vivait du temps des empereurs romains.

Le pays des beaux-arts et des cœurs généreux,
Ne saurait-elle avoir quelque poète heureux
Qui des auteurs du temps vint augmenter la liste
Et qu'on pût comparer à ce grand fabuliste?

OBSERVATIONS

Jusqu'à présent, on a supposé qu'Eutychus était un homme obscur, ami de Phèdre; c'est une grave erreur qui s'est perpétuée, je ne sais comment depuis dix-huit siècles, quoiqu'il eût été bien facile de trouver le mot de l'énigme : EUTYCHUS *était, sans aucun doute, l'empereur* TIBÈRE *que Phèdre appelle le* FAVORI DE LA FORTUNE (*Ev bien, et* τυχοσ *favorisé par la fortune*) *Phèdre n'avait assurément pas dédié le prologue de son troisième livre, dans une épitre d'un grand mérite et d'une haute importance, qui est une œuvre didactique remarquable, à un homme obscur; la traduction du nom Eutychus serait à mes yeux une preuve suffisante; mais on trouve d'autres preuves en suivant le récit; Phèdre dit qu'il n'y a que Séjan, le premier ministre de Tibère, qui puisse lui être hostile; pourquoi irait-il se plaindre à un homme obscur de l'animosité de Séjan contre lui? Il y a là un argument sérieux en faveur de mon interprétation. Mais il y a un autre argument péremptoire, à mon avis, et qui résulte de la disposition générale de cette œuvre : Phèdre répète à chaque instant le nom d'Eutychus dans la première partie de son épître; mais il n'en parle plus dans la seconde et il demande la protection de l'empereur :* UNDÈ, *d'où il résulte incontestablement que Eutychus n'est autre que Tibère, auquel il adresse ensuite tous ses prologues et ses épilogues, sans le nommer.*

L. III. — ÉPILOGUE.

J'aurais encore bien des choses à dire;
Mais je m'abstiens de les écrire,
D'abord pour ne pas abuser
Par une excessive abondance
De ta gracieuse bienveillance,
Et de plus afin de laisser

Aux autres quelque chose à faire.
Tu m'approuveras je l'espère;
J'attends ton jugement austère
Et le réclame promptement :
Hâte-toi, je te prie;
Je touche à la fin de ma vie;
La mort me frappera bientôt certainement;
Si tu tardais à me rendre service,
J'en perdrais tout le bénéfice:
Il serait peut-être trop tard
Pour accorder ce bienfait au vieillard
Qui va descendre dans la tombe;
Juge-moi : c'est à toi que ce devoir incombe;
D'autres l'ont rempli devant (1) toi;
Et si, même envers un coupable
L'indulgence est parfois louable,
Tu peux être indulgent pour moi
Qui n'ai rien fait de blâmable,
Quoique des gens à qui je n'ai fait aucun mal
Ne mo pardonnent pas de sortir de mon rôle,
Moi, pauvre plébéien, pour prendre la parole
Et veulent me causer un tourment infernal.

L. IV. — PROLOGUE.

En vain j'avais cru pouvoir dire
Que je ne voulais plus écrire,
Afin que ceux qui voudraient m'imiter
Eussent des sujets à traiter.
Mais j'ai senti dans mon âme
Certain regret, mêlé de blâme;
Et tout d'abord qui me dit
Que ce que j'ai dans mon esprit

---

1) Pour avant.

Va venir dans celui d'un autre?
Chacun a son instinct et son goût différent,
Chacun a son propre talent,
Nous avons tous chacun le nôtre;
D'ailleurs on trouve tant d'objets
Que chacun peut se satisfaire,
Si la fable a don de lui plaire,
S'il veut traiter d'autres sujets;
A blâmer les vices du monde
La matière à ce point abonde
Qu'on viderait les encriers
Et qu'on manquerait d'ouvriers.
Ainsi, ce n'est point par caprice
Que je vais rentrer dans la lice
Avec tout mon attirail
Et que je reprends le travail.
Puisque la fable t'est chère,
Tu pourras tout à loisir
D'en lire goûter le plaisir.
Ton jugement sincère,
Ta juste appréciation
Et ton approbation,
Si tu m'en juges digne,
Dont la valeur est si grande à mes yeux,
Me feront oublier la critique maligne
Des médisants et des envieux
Dont je me moque moi-même;
Et mon bonheur est extrême
En voyant les vers que j'écris
Sur tes tablettes transcrits.

L. IV. — ÉPILOGUE.

Il faut qu'ici je m'arrête;
Je ne veux pas épuiser mon sujet,
On ne doit pas être indiscret;
Il ne faut pas que le poète

Des lecteurs fatigue la tête
Et s'expose à les dégoûter
En se permettant de traiter
   Quelque méchant conte
Que, pour amuser il raconte
Comme un mystère de l'état.
   Ma muse, je l'espère,
Mon cohéritier trouvera
Une indulgence méritée
Par ma prudente concision
Qui s'est toujours limitée
Dans une juste proportion ;
Et mes écrits feront connaître
Ton nom, si digne de l'être
Et tes sentiments généreux,
Jusqu'à nos derniers neveux.

L. V. — PROLOGUE.

Au nom d'Ésope j'ai rendu
Dès longtemps un large tribut,
Et c'était de toute justice :
Il m'a souvent rendu service
   En relevant mes écrits
   Aux yeux de certains esprits
   D'une intelligence petite
   Qui ne trouvent de mérite
   Qu'aux œuvres de nos aïeux,
Et dont le naturel envieux
   Refuse de reconnaître
   Le génie et les talents
   Que peuvent faire paraître
   Les hommes de notre temps.

Certains artistes habiles
Peintres, sculpteurs
Et ciseleurs,
Pour tromper ces difficiles,
Ennemis des gens nouveaux,
Et faire de leurs travaux
Sentir la valeur réelle,
Ont emprunté le nom
Du fameux Praxitèle,
Du célèbre Myron.
Trouvant cette méthode sage
Moi-même j'en ai fait usage,
Et je rends un plus grand tribut
Au nom d'Ésope qu'il n'est dû;
De cette façon l'envie
Mon implacable ennemie,
Afin de le respecter
N'osera pas m'attaquer.

FIN.

TABLE DES MATIÈRES

LIVRE PREMIER.

FABLES D'ÉSOPE.

FABLES TIRÉES DE LA VIE D'ÉSOPE.

LIVRE II.

FABLES DE PHÈDRE (LIVRES I, II ET III).

LIVRE III.

FABLES DE PHÈDRE (LIVRES IV ET V).

LIVRE IV.

PROLOGUES ET ÉPILOGUES DE PHÈDRE.

Paris. — Imprimerie polytechnique de E. Lacroix, 54, rue des Saints-Pères.

www.ingramcontent.com/pod-product-compliance
Ingram Content Group UK Ltd.
Pitfield, Milton Keynes, MK11 3LW, UK
UKHW021124260726
13994UKWH00002B/983